Compota de manzana

Klaas Verplancke

A mi papá me lo regalaron.
Estaba allí cuando nací,
y todavía lo tengo.

Traducción de D.R. y D.B.

EDICIONES EKARÉ

Mi papá tiene mejillas suaves

y una manzana en la garganta.

Canta como una mamá cuando se baña.

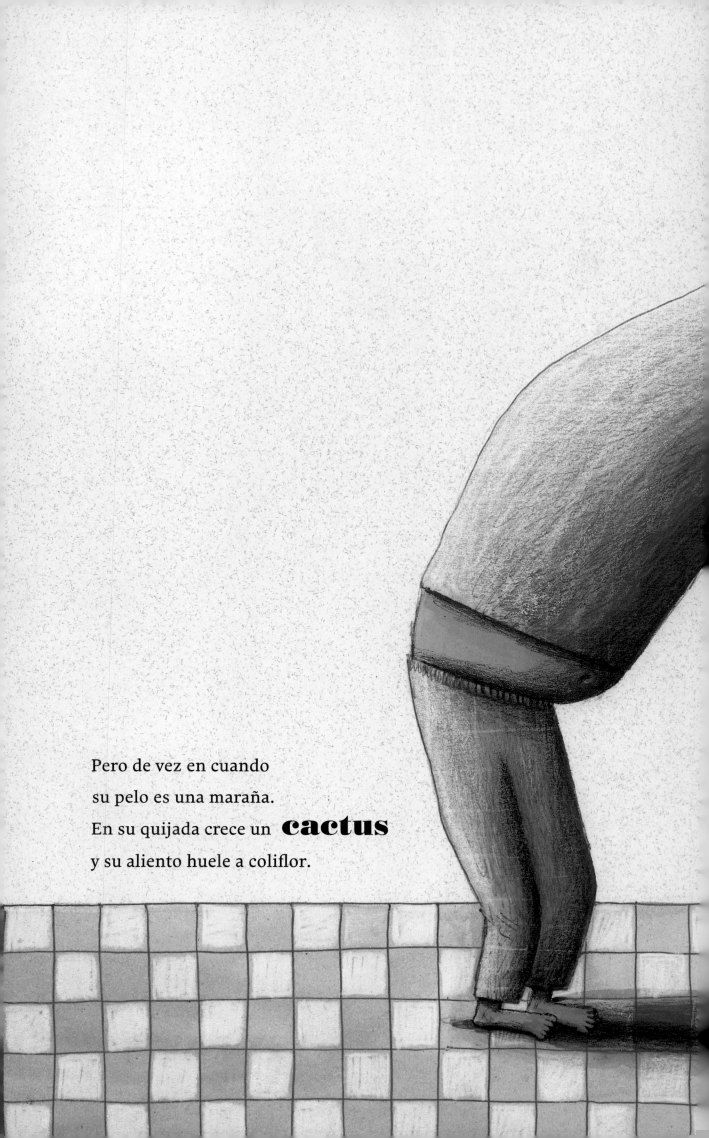

Pero de vez en cuando
su pelo es una maraña.
En su quijada crece un **cactus**
y su aliento huele a coliflor.

Mi papá tiene músculos **duros**,

excepto en su barriga,

donde son suaves

como un almohadón.

Con un soplo me cura el dolor de rodilla

y acurruca mis **sueños** cuando duermo.

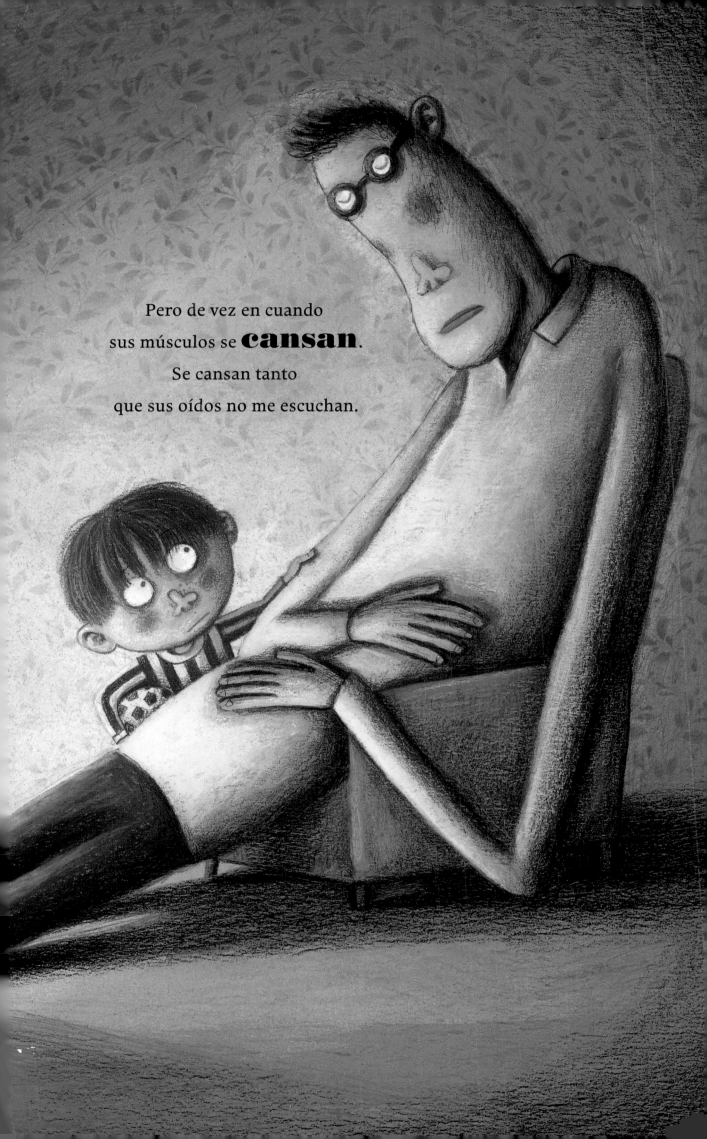

Pero de vez en cuando
sus músculos se **cansan**.
Se cansan tanto
que sus oídos no me escuchan.

Mi papá tiene manos tibias
y sus dedos saben a
compota de manzana.
Ojalá tuviera mil manos.

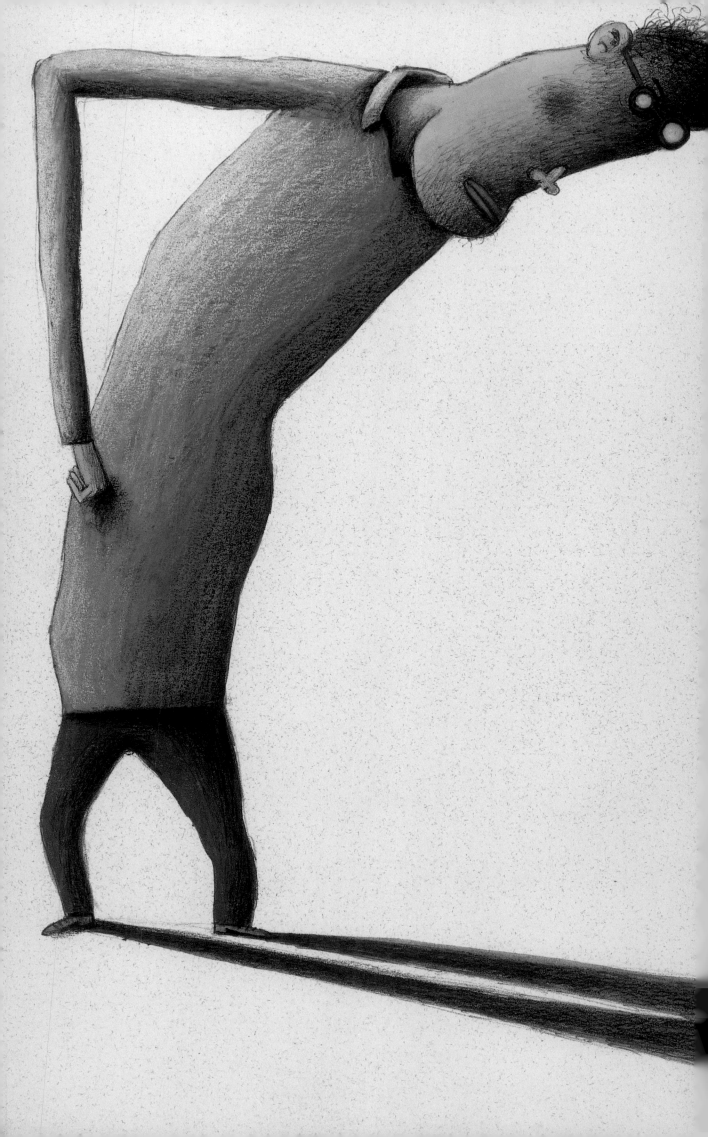

Pero de vez en cuando

las manos de papá se enfrían

y **dibujan rayos** en el cielo.

Cuando mi papá se calla

es que se aproxima una tormenta.

No me gusta mi papá tormentoso. **Papá tonto**, pienso yo.

Entonces me voy lejos.
Al bosque de **otros-y-mejores**...
Buscaré un papá nuevo
de mejillas suaves, músculos duros
y manos tibias.

Pero en el bosque
no lo encuentro
y los árboles cantan
canciones de **trueno**.

¡Tomás, Tomás!
¿Adónde vas?
Haz tus tareas de inmediato
o se las va a comer el gato.

¡Tomás, Tomás!
¿Adónde vas?
Guarda tus zapatos de fútbol en su lugar
o los voy a tirar.

¡Tomás, Tomás!
¿Adónde vas?
Apaga el televisor
y vete a tu habitación.

En el lugar donde los árboles callan
un aroma cálido me reconforta.
Es el olor de
compota de manzana.

La casita susurra:

¡Tomás, Tomás!
no te asustes más.
Los papás tormentosos

duran muy poco.

Mi papá tiene manos tibias

y sus dedos saben a

compota de manzana.

Ojalá tuviera mil manos.

A mi hijo y a mi padre

Esta obra ha sido publicada con el apoyo financiero
del Fondo Flamenco de las Letras
(Vlaams Fonds voor de Letteren - www.flemishliterature.be)

Traducción: D.R. y D.B.

© 2010 Uitgeverij De Eenhoorn, Vlasstraat 17, B-8710 Wielsbeke, Bélgica

© 2012 Ediciones Ekaré

Todos los derechos reservados

Av. Luis Roche, Edif. Banco del Libro, Altamira Sur. Caracas 1060, Venezuela

C/ Sant Agustí 6, bajos. 08012 Barcelona, España

www.ekare.com

Publicado por primera vez en holandés por Uitgeverij De Eenhoorn
Título original: *Appelmoes*

ISBN 978-84-939138-1-6

Impreso en China por South China Printing Co. Ltd.